原満三寿
Hara Masaji

句集

ひとりのデュオ

深夜叢書社

帯文　齋藤愼爾
装丁　髙林昭太

目次　contents

木は記憶し花は発情す —— 5

水はめぐり天はめくるめく —— 17

動物たちのざわめき —— 25

春秋のせつなにくる語影 —— 39

老いゆく褻の愉楽 —— 49

芸の異聞……★反戦の頌 —— 63

あとがき —— 76

◎題の由来

老人力　春の小川とひとりデュオ

老人力　あかずに見入るオカズの本

＊老人力＝赤瀬川原平の流行した造語

木は記憶し花は発情す

鳥顔で人かたりだす木の記憶
老いた木を蛇はなれゆく村ねむり

雨の木に弱いものたち息ひそめ
風は木を声はげまして吹きぬける

桃の花われに縁なき火車・火宅

頬杖してわたしもうすぐ花水木

青春を立ち聞きしたる夏木立

発作的に熱帯雨林になるお姉さん

伝説の巨木をのぼる春ゆうべ

欅その樹冠に孵化する入道雲

桐の木や無口な長女の娘じまん

犬樟に猫あつまって春惜しむ

切株にわたしの明日が坐ってる
ため息もわたしの証《あかし》サルオガセ

若夏の友よ大和人《ヤマトンチュー》とて逢いたいさぁ
猫やなぎ和人《シャモ》の淋しさ灯るかな

夕空も姉も色増し重さ増し
落日も柿も今際に炎上す

石なげて裸木か枯木か確かめる
裸木ゆえ故なく don't touch me

辛夷あおぐ農夫の大きな喉仏

榛《はん》の花　休耕田に気色ばみ

桐の花　手違いもなく上を向き

臘梅の林にあがる黄声かな

花半開　花は野花や　腹八分

〈滝桜〉千年の涅槃いま散華

花ふると津波の悪夢が児童のむ

廃校の鉄棒にある一と日かな

燭つらね狐の嫁入り手にスマホ

わかれきて単線のひと手にバンケ

＊バンケ＝蕗の薹の東北地方の方言。バッケとも。

少女らよミヤマオダマキおきゃんだね

マンサクや両手が先に告白す

あさましい映画のシーンに竜舌蘭

雪ばかり昭和の裸灯に降る映画

月桃や浄土の貌が房をなす

人に飽く凌霄花《のうぜんかずら》ニヒリズム

サンシュユ寄りそいたがる三姉妹
アネモネや姉妹のハピネスながからず

村いちばん声はりあげる百日紅
天空もほほほほのほほほ酔芙蓉

うかうかと出る芽もあり雑木山

雑木山の空気をのぞく若い雲

柳絮とぶ後ろの正面ふうらいぼう

片陰に片頬で笑むホームレス

水はめぐり天はめくるめく

子だくさんの雲きらきらし海おはよう
内海の凪きらきらし偏頭痛
美ら《ちゆ》海や禿頭・海抜一七三センチ
魞簀《えりす》とは知らずいい日の雑魚なかま

夏波濤かっさいすれば夏怒濤

晩秋や傾いている海または俺

太陽の泥にまみれて海の旅

南国の海に游べば髪彡彡《さんさん》

骨太の女形と入水　江戸の春

春の川　快楽《けらく》のひとつに土左衛門

野良猫が飼い猫ぬすむ木の芽時

寝床から海と猫の尻っぽをみています

月明の大河に魂魄のこされる
月明に笑う八重歯ぞおそろしき

雪の谷　川くろぐろと炭山《やま》をでる
黒い川　雪庇の純白ゆるされず

＊黒い川＝炭鉱では川で石炭を洗うため、川はいつも真っ黒になってながれる。

黒い川　わが望郷はわが恨《はん》ぞ
生き埋めの根っこ踏みつけ山をでた

運河その満月を浚う船の影

埠頭その炎天を搔く海のキリン
＊キリン＝ガントリークレーンの通称

名月や闇雲に闇のむ驕りかな

鉄橋に語りつきない夕月夜

月山の星をためたる隠り沼

黒猫も星をうんだる星月夜

ある星はおちて青狼の胤となる
ある空は狼煙《のろし》の兵士を地にかえす
*狼煙＝開かない落下傘（軍隊の隠語）
満天の星をののしる野の髑髏
野ざらしの途方にくれる後ろ髪

動物たちのざわめき

蟻と僧　生を分かれて灼かれおり

三門に托鉢僧めく蟻の列

大寺の西日に斃れし黒揚羽

捕虫網で西日をとらえ横抱きに

禅寺の門前に凍蝶くずれおり

蠟八の座禅あければ枯蟷螂

駄菓子屋に童女と黄蝶くるくるす

プールびらき園児はアメンボくるくるす

火蛍をにぎった女か手が匂う

すぐ逢える！　蛍の嘘が明滅す

カナカナや上の空ゆく飛行船

蟬ギーッ　ピザ配バイクきゅん曲がる

蟬時雨こわれた漢《おとこ》とこわしあう

蟬しぐれ峠に中有の人の列

山国を地響きたてて鬼ヤンマ

縁側で夕刊を読む赤トンボ

ヤゴ死んでトンボ生まれる離れ業

カップ酒あおる噴水は水禽である

夜な夜なの白蛾と火刑にされる夢

目でつまみ鬼の捨子を火に投ず

*鬼の捨子＝蓑虫の別称

冬蠅と酌めばいじいじ死者の私語
冬蠅の手モミはにかみ昇天す

鳥籠に鳥いなければよく啼きぬ
玉乗りの玉に影なし春はあやうい

鳥帰るはぐれ酒なり棄巣なり

鳥渡る手酌うだうだ帰巣せり

夏深し囮にじわじわ水の皺

母喰鳥《ふくろう》の謗りやなんぞ肉むしる

青鷺もとかく気になる橋の下
贄さしてモズ秋霜の虚空かな

椋の空だくりゅうとなり人よごす
禿頭へ群れて散らばる秋の鳥

雁わたる非常階段おれまがる

猿は揺すり我は舌だす山の宿

始祖鳥と蒼穹をとぶ中学生

まっ青なマンタのわたしの一夏《いちげ》かな

根が百姓たまに逢いたいヒゲ泥鰌

フナ・ナマズ泥に輪廻を産みさわぐ

野生馬の春や隠し仔あらわるる

自転車屋の犬の乳首に未生の仔

春の日の共にごろ寝の老いた貘

永き日の乗っかってみたい鯨の背

春きたる女の貌して三毛とおる

炎天やノラ仇敵の広場ぬけ

夕焼けの波止場は猫語の跡だらけ

島の河岸　老若にゃんにゃん性辣《らつ》なり

＊「薑桂の性老いていよいよ辣なり」（薑桂　きょうけい、生姜）出典不詳

倉街も野犬も斜陽に曳きずられ

夕焼けが悪食したる大倉庫

あしたこそ書斎のマンモス食ってやる

晩夏の家　浦島太郎に棲みつかれ

木の実ふる吃音の驢馬うたいなさい

落葉焚く有情の恐竜あたんなさい

春秋のせつなにくる語影

水ぬるむ春の煩悩おきなさい
泥足も川辺の草も萌の声

ぼろバスが春をのみこみ大空《そら》をゆく
あだし野の苔むす羅漢も春をのむ

お遍路や多恨の土筆つみきれず

鈴も泣く遍路ころがし青葉闇

*遍路ころがし=遍路が転落しかねない難所

対岸の土手の長さに飽きる土手

春 alone チューバの青年土手に坐し

春の野を全裸で奔る業火かな
野火と風ほとけの象《かたち》に歓喜せり

草いきればぶつかってくる美少年
大将も生えそめしころ新樹光

耳なめる若葉峠を駆けおりて
物象のきらめく猫の轢死体

新緑の浮力であろう童子《わつぱ》の尻
万緑やわたしの毛物が荒い息

秋きたる行く先々の風つれて
秋天に天の邪鬼の足裏みせ

野分きて一つの影を二つにす

ゆく秋や路灯の人かげ地に刺さる

枯野道ふりむかず往く人の列
枯野原すてられた紐こえあげる
裸木《はだかぎ》に三日月冷えて滴れる
木枯しや阿字の鴉かアッ・アッ・アー
*阿字＝阿字観。「阿」の梵語をみて行う密教の瞑想法。

山里の榾火にうそぶく風の客

風の客　大山椒魚《はんざき》みたいに酔いつぶれ

鳥は巣に鼻欠け地蔵に夕陽べべ

衆妙の川につぎつぎ椿落ち

陽炎へはしった女の膕《ひかがみ》や

小春日や指じゅんぐりに生あくび

寒林鳴る往くかい往きなよ一人でね

こぞことしスマホの履歴すべて消す

短夜や老人いまだに隠れん坊

長き夜や少年老いても鬼ごっこ

寒紅や如意輪さんに似てるなんて

耳さとし夜の伽藍の涅槃仏

老いゆく褻の愉楽

なにもかも昨日の今日だがややズレる
ささやかな一日をいじめすこし酔う

山国の風と此処まできてはぐれ
夕映えは入り日のなせる死に化粧

鯉のぼりシーツと微風をうばいあい

鯛焼はまず肛門から囓るべし

人っさらい来るな来るなと虹の下

虹くさい少女がエース草野球

駅弁の海胆の山盛りじっとみる
木の耳をピリッ辛にする真っ昼間

蠱惑するラ・フランスさユゥーの姉
ラ・フランスはもう剝かれしとユゥーのレター

道路工の夢路に灯る一夜茸

牛飼の娶りに聚る雲の峯

貧農や痩田も酎も離れない

淫雨かな溜池じわじわ漏れはじむ

朝焼へ空気枕の腸《わた》をだす

蝸牛うかつに肉だし寂しめり

闇装うビルに層なす夜光虫

闇食らい都市にはびこる光蘚

屋上がビル管理人の旬の孤島
管理人のデジャ・ビュの恋は波濤こえ

スケルトンのビルのガラスに歪むビル
濃霧あけ悪意のように電波塔

みなどこへ夜汽車の窓に膿む灯火
霧ふかく乗客けされて浮腫《むく》む尾灯

終列車さって枕木の夜となり
蜘蛛の巣をめぐる雨滴はわが衛星

夏はてる遥かな青春バック転
夏おしむ連理のジジババ鳥の貌

だしぬけにジジババ jump 満月や
お転婆がそのままババに手鞠花

柿晴れて布団とババがよく乾き

秋晴と野分を倣うババ老獪

やっかいな老師が好きなメロンパン

〈これから〉と〈これまで〉が粥すすり

天高しジジイめでたし屁ぼほん
良夜かなババの尾っぽで酔い遊ぶ

老いらくの恋は凧なり降りるべく
初恋はしゃぼん玉なり天までとどけ

膝っ小僧と赤城をめぐる杖のんで
からっかぜ人声あげるポリ袋

いっぴきの病鬼とくらす老措大
いっぽんの森をさまよう老騒人

＊措大＝そだい、書生　＊騒人＝詩人

路地とジジともに夕陽がよく溜まり
地蔵さんと徘徊ロウジン桃くらう

悪友の定席《せき》に手酌の手のこる
その死後も碁席にいやな咳払い

老殺陣師　不登校の子と土手なかま
佯《いつわ》りの落人となって野を急ぐ

棺材は高野槇にせよと言うのだが
棺桶に冬陽も入れろと言うのだが

芸の異聞……★反戦の頌

流木は阿吽に彫られ有為転変
万物流転　枯野に便器ところ得て

風神や野の草せめてなぶる愛
雷神や截金ぎんぎら愛はやす

乾鮭をしゃぶって鉈とぶ木っ端仏

雪に舞う木っ端仏とて忘己利他《もうこりた》

＊忘己利他＝天台宗の教義

雪しじま蕪村の双鴉に列ぶかな

空きっ腹の鳶を氷雨が襲うかな

惟然坊と路通を連れに一人旅

芭蕉とゆく世外峠は朽ち葉色

親不知・子不知をゆく修羅芭蕉

不知不足　原子力という一神教

良寛とまろぶ日月・貞心尼

山彦にこたえる手鞠や枯葉かな

桜桃忌　うごく歩道にうごかざる

獺祭忌　雨滴に夕陽の血がにじむ

家の血をのぞいて朱夏の夜明け前
夜にしずめる断腸亭日乗ながい指

機上にて「山椒魚」と雲に入る
膝だいて「人間失格」みぞれかな

南洋放浪の金子光晴を偲んで

落魄や雨にふるえるニッパ椰子

尿して森の川筋に斜陽あび

虹橋で他人の空ゆく飯島耕一

秋明菊さく加島祥造の病む庭に

*加島祥造=十五年十二月　自邸「晩晴館」にて逝去、享年九二。

夜の底　静脈しずもる兵馬俑
吹雪く夜は荊軻も梟も目を瞑る
沈下橋お吟のゆくてに秋の声
その橋をわたって吉次はもうこない

アフリカの火霊の仮面に火車が見え
アリ画いてクマガイモリカズ脚六本

……★

恋い恋うて水漬く屍は水に記す
終戦やモンペを脱げばつのる思慕

睡れずに蝶ただよえる太平洋

熱帯の蘭の手前ではてる餓兵

葉月かな隠れて神も立ち尿る

白骨の八月が哭く碧い空

まんじゅしゃげ紙いちまいの死人花

たえがたきラヂオ放送　夏木立

さるすべり戦は凡庸な人ったらし

人ごみにまぎれて嗤う戦争屋

被爆樹の耳目に耳目をそばだてる

このドーム　人つどうほど人だまり

油照り義足をはずすにわか義手

少年や国やぶれても恥毛あり

◎打ち止めの譜

天金の悪童の果て水茶漬

天金の悪童の異聞「ひとりのデュオ」

あとがき

二〇一四年の四月に刊行した第八詩集『白骨を生きる』が私の詩の集大成となりましたので、十数年お留守にしていた俳句を再開する気になりました。

第一句集『日本塵』の後二十年ほど、「DA句会」などに書き散らした句をサルベージしてみますと、ほとんどが未完成の句に思えてきました。そこで見込みのありそうな句を推考し直してゆくと、新しい句想がつぎつぎ沸きあがって、どんどん俳句が生まれてきました。俳句の面白さが復活した思いでした。それらをやや拙速にまとめたのが第二句集『流体めぐり』です。

できあがった句集は、一頁に二句という体裁で、あらためて読み直しますと、同頁の二句がなぜか微妙に照応し、共振しあっていることに気づかされました。

それならば、最初から二句を照応、共振させるとどうなるのか、との意図でできあがったのが『ひとりのデュオ』です。ひとりで唄う二重奏（デュエット）

で合唱になることもしばしばです。カテゴリーは厳密なものではありません。

こういうことを本格的にやった句集があるのかどうか知りませんが、本人は少しだけ地金がでた気分でいます。そのあたりをお楽しみいただければうれしく、さらに言葉と生けるものの面白さを感じてくだされば望外の幸いです。

「あとがき」を書いている最中に、加島祥造さんの訃報がはいってきました。加島さんとは、詩と碁をとおして大変親しくしていただきました。加島さんからは「荒地」についての異聞を託されておりますので、そのうち「現代詩手帖」に載せることになるでしょう。

それにしても、『白骨を生きる』の「あとがき」の執筆の途中では、懇意にしていただいた飯島耕一さんの訃報があり、不思議なおもいにとらわれております。

第二句集にひきつづき、齋藤愼爾さんと装丁の髙林昭太さんのお力添えをいただきました。心より深謝もうしあげます。

合掌

原満三寿

原 満三寿《はら・まさじ》

一九四〇年 北海道夕張生まれ

現住所 〒333-0834 埼玉県川口市安行領根岸二八一三―二―七〇八

略歴・著作

□俳句関係「海程」「炎帝」「ゴリラ」「DA句会」を経て、無所属

■句集『日本塵』（青娥書房）『流体めぐり』『ひとりのデュオ』（以上、深夜叢書社）

■俳論『いまどきの俳句』（沖積舎）

□詩関係 第二次「あいなめ」「騒」を経て、無所属

■詩集『魚族の前に』（蒼龍社）『かわたれの彼は誰』『海馬村巡礼譚』（以上、青娥書房）『続・海馬村巡礼譚』（未刊詩集）『臭人臭木』『タンの譚の舌の嘆の潭』『水の穴』（以上、思潮社）『白骨を生きる』（深夜叢書社）

□金子光晴関係

■評伝『評伝 金子光晴』（北冥社 第二回山本健吉文学賞）

■書誌『金子光晴』（日外アソシエーツ）

■編著『新潮文学アルバム45 金子光晴』（新潮社）

■資料「原満三寿蒐集 金子光晴コレクション」（神奈川近代文学館蔵）

句集　ひとりのデュオ

二〇一六年四月二十八日　発行

著　者　原満三寿
発行者　齋藤愼爾
発行所　深夜叢書社
〒一三四―〇〇八七
東京都江戸川区清新町一―一―三四―六〇一
info@shinyasosho.com

印刷・製本　株式会社東京印書館

ISBN978-4-88032-429-6 C0092